親愛的鼠迷朋友，
歡迎來到老鼠世界！

謝利連摩·史提頓

U0061139

Geronimo Stilton

《鼠民公報》
辦公室

賴皮
（謝利連摩的表弟）

班哲文
（謝利連摩的姪兒）

謝利連摩・史提頓

菲
（謝利連摩的妹妹）

老鼠記者 101

怪盜反轉垃圾場
LO STRANO CASO DEL LADRO DI SPAZZATURA

作　　者：Geronimo Stilton　謝利連摩·史提頓
譯　　者：陸辛耘
責任編輯：胡頌茵
中文版封面設計：蔡學彰
中文版美術設計：劉蔚
出　　版：新雅文化事業有限公司
　　　　　香港英皇道499號北角工業大廈18樓
　　　　　電話：(852) 2138 7998
　　　　　傳真：(852) 2597 4003
　　　　　網址：http://www.sunya.com.hk
　　　　　電郵：marketing@sunya.com.hk
發　　行：香港聯合書刊物流有限公司
　　　　　香港荃灣德士古道220-248號荃灣工業中心16樓
　　　　　電話：(852) 2150 2100　傳真：(852) 2407 3062
　　　　　電郵：info@suplogistics.com.hk
印　　刷：C & C Offset Printing Co., Ltd
　　　　　香港新界大埔汀麗路36號
版　　次：二〇二一年十二月初版

http://www.geronimostilton.com
Based on an original idea by Elisabetta Dami.
Art Director: Iacopo Bruno
Cover by Giuseppe Facciotto, Christian Aliprandi
Graphic Designer: Pietro Piscitelli / theWorldofDOT (Adapted by Sun Ya Publications (HK) Ltd.)
Illustrations of initial and end auxiliary pages: Roberto Ronchi, Ennio Bufi MAD5, Studio Parlapà and Andrea Cavallini |
Map: Andrea Da Rold and Andrea Cavallini
Story illustrations: Giuseppe Facciotto, Carolina Livio, Daria Cerchi and Valeria Cairoli
Artistic Coordination: Roberta Bianchi, Lara Martinelli
Graphics: Marta Lorini
Geronimo Stilton names, characters and related indicia are copyright, trademark and exclusive license of Atlantyca S.p.A.
The moral right of the author has been asserted.
All Rights Reserved.
No part of this book may be stored, reproduced or transmitted in any form or by any means, electronic or mechanical,
including photocopying, recording, or by any information storage and retrieval system, without written permission from
the copyright holder.
For information address Atlantyca S.p.A., Italy-Via Leopardi 8, 20123 Milan, foreignrights@atlantyca.it
www.atlantyca.com
Stilton is the name of a famous English cheese. It is a registered trademark of the Stilton Cheese Makers' Association.
For more information go to www.stiltoncheese.com
ISBN: 978-962-08-7852-7
© 2019-Mondadori Libri S.p.A. for Piemme, Italia
International Rights © Atlantyca S.p.A. Italy
Traditional Chinese Edition © 2021 Sun Ya Publications (HK) Ltd.
18/F, North Point Industrial Building, 499 King's Road, Hong Kong
Published in Hong Kong, China
Printed in China

老鼠記者 Geronimo Stilton

怪盜反轉垃圾場

謝利連摩・史提頓
Geronimo Stilton

新雅文化事業有限公司
www.sunya.com.hk

目錄

芙羅拉·花植鼠博士

生物學家，
妙鼠城垃圾回收試驗中心的主管。

歐斯塔奇·博學鼠博士

垃圾回收專家，
妙鼠城垃圾回收試驗中心的員工。

史奎克·愛管閒事鼠

謝利連摩的好友，是一名私
家偵探，他愛管閒事，最喜
歡捉弄謝利連摩。

菲·史提頓

謝利連摩的妹妹，
《鼠民公報》的特約記者。

一羣蒼蠅

這是一個**炎熱**的夏夜。我在牀上翻來覆去，怎麼也睡不着。那晚，妙鼠城的上空滿天繁星，我不禁注視起那輪高高掛起的**滿月**……

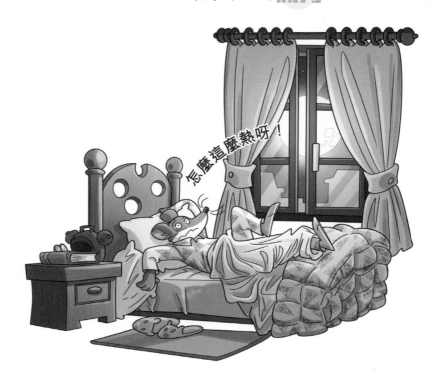

怎麼這麼熱呀！

當我終於昏昏欲睡時，天色已經亮了。沒過多久，我就被鬧鐘嚇得跳了起來：「**叮鈴！叮鈴鈴！叮鈴鈴鈴！**」

以一千塊莫澤雷勒乳酪的名義發誓，我得趕去辦公室啊！

啊，真不好意思，我都還沒有做自我介紹呢！我叫史提頓，**謝利連摩‧史提頓**。我經營着《鼠民公報》，也就是老鼠島上最著名的報紙！

剛才說到哪兒來着？啊，對！我急匆匆趕去辦公室，直衝向我的書桌。

我正寫着一篇文章，名叫 **《乳酪的故事》**，這時門開了。我聞到一股奇怪的味道……

……不不不，應該說是臭味……

……不不不，明明就是 **惡臭**……

……啊呀呀，簡直是臭氣熏天！

　　我再仔細聞了聞，不禁大喊：
「*我以一千塊莫澤雷勒乳酪的名義
發誓，這……究竟是誰呀！*」

　　只見一個腦袋從門口探了出
來……我看見一張笑嘻嘻的臉龐，
一堆亂蓬蓬的**鬍鬚**，一
雙圓鼓鼓的眼睛，還有……
一件香蕉色的**乾濕褸**……

一股奇怪的味道……

　　我立刻認出來了：那是我的朋友史奎克·愛管閒事鼠，老鼠島上最有名的**偵探**！

　　不對呀……我這才發現一個奇怪的地方：他的鼻子上居然夾了一對木衣夾，黃黃的，就和乳酪一樣！

　　只聽他用鼻音吱吱叫道：「啫喱研磨，你哼不哼搬我一個網？」

　　我不禁大喊說：**「哎？你說什麼？」**

　　這下他的聲音更大了，叫道：「里不明白？我輪要你搬我一個網，現在就要！立吭馬上！十岸吼急！」

　　我不禁火冒三丈，鬍鬚**亂顫**，說：「你說的話，我連一句都聽不懂！快把你鼻子上的木衣夾拿開！」

　　他聽了我的話除下了夾子，我這才終於明白了他的話：「謝利連摩，我需要你幫我一個小忙，現在就要！立刻馬上！**十萬火急！**」

　　我不禁嘀咕起來：「呃……每次你來找我，*總是要我幫忙，總是立刻馬上，總是十萬火急！而且，總是讓我陷入麻煩*……話說，這股**臭味**到底是怎麼來的？這些木衣夾又是怎麼回事？」

　　只見他騰地朝我書桌跳了過來。從他乾濕褸的口袋裏，又**掏**出了一堆木衣夾！

　　「謝利連摩，我跟你説，我真的需要你立刻幫我一個小忙！此刻在妙鼠城，正發生一件十分嚴重的事……有一個小偷，嗯……偷……偷……偷……」

　　我不禁驚呼道：「小偷？在妙鼠城裏？**偷**東西？偷什麼呀？」

這下他更來勁了：「偷⋯⋯*偷垃圾！* 不然我身上怎麼會有這股味道？我跟你說，我一刻不停地在**翻找**各式各樣的垃圾！」

我大聲呼喊道：「什麼？這小偷專偷⋯⋯

垃圾？」

誰會偷垃圾呢？*究竟是誰？誰？誰？*

他也喊：「最重要的是，*為什麼要偷垃圾？*」

就在這時，我妹妹菲走了進來。只見她一臉嫌棄，搗住鼻子，說：「啫喱，你到底是有多久沒洗過澡了？這間辦公室簡直比夏天的污水管還要**臭**！」

直到這時她才看見史奎克，說：「啊，史奎克，原來是你！臭味是從你身上散發出來的！你究竟多久沒洗澡了？老實交代！」

史奎克一看見菲，就激動得鬍鬚亂顫（*他很* **愛慕** *我妹妹呢！*）：「菲，請原諒這股小臭味啦，誰讓我正在查一宗小案件呢……對了，請你幫個忙，說服謝利連摩幫我一起解開小謎團，找出那個專偷垃圾的怪盜……」

厚，史奎克，原來是你！

　　菲頓時感到興趣，問道：「專偷垃圾？這也太奇怪了！不過這個也許可以成為《鼠民公報》的**新聞材料**！」

　　她當機立斷 *(她呀，總是這麼雷厲風行！)* ，背上**相機**，說：「謝利連摩，我們這就出發調查！」

　　史奎克吻了吻她的手爪，說：「菲，我是不是早就說過，你魅力四射，是我的夢中情人？而且……」

　　菲立刻打斷了他，說：「好啦好啦，你都跟我說過上千遍了，真煩！快點快點，我們趕時間呢！」

　　我試圖**抗議**說：「我真有別的事要忙……」

　　可是，已經來不及啦！就和往常一樣，我說不過史奎克，也拗不過菲，只能任由自己被他們

擺布！

　　他們一把將我**拽**了出去，還齊聲喊道：

「快點吧，謝利連摩，別磨蹭！」

???

花植鼠博士的秘密

　　還沒等我回過神，他們已經把我拉上了史奎克的香蕉車。史奎克駕着汽車飛也似地衝了出去，大家的鬍子都被風吹得亂七八糟！汽車穿過妙鼠城的大街小巷，與此同時，他開始娓娓道

就是這兒！

來：「*話說，今天早上妙鼠城的市長托帕多・榮譽鼠給我打給了電話。他說就在昨晚，剛落成不久的妙鼠城垃圾回收試驗中心突然有堆**垃圾**不見了，誰也弄不清究竟是怎麼一回事……」*

就在這時，一陣風不僅颳來了濃烈的臭味，還捲來了一羣蒼蠅。沒過多久，一塊牌子就出現在我們眼前：**妙鼠城垃圾回收試驗中心。**

妙鼠城垃圾回收試驗中心

1. 玻璃回收
2. 塑膠回收
3. 紙張和紙皮回收
4. 金屬回收
5. 電器回收
6. 電池回收
7. 大型物件回收
8. 廢油回收
9. 瓦礫回收
10. 木材與樹枝回收
11. 有機垃圾回收
12. 停車場
13. 辦公大樓

　　入口處有一道圍欄和閘杆。只見一個身穿制服的保安從保安亭走出來，衝着我們喊道：「昨晚這裏發生了一宗**盜竊案**。現在沒有官方批准，任何鼠不得入內……」

　　史奎克立刻拿出一張紙，向對方眨了眨眼，説道：「朋友，我有市長托帕多・榮譽鼠的許可，已經和回收中心的主管花植鼠博士約好了見面。我的**任務**就是找出那個垃圾怪盜！」

　　只聽對方回答説：「好，你們可以通過！」

　　保安話音剛落，閘杆就升了起來。

　　接下來出現在我們眼前的場景，真是不可思議！

　　在我們四周，有**成堆成堆**的垃圾，形形色色，包括：玻璃、鋁材、紙皮和有機垃圾！當中有機垃圾正是**臭味**最濃烈的！

　　史奎克朝着有機垃圾的方向走去，讓我們跟上。一到那兒，他就指了指垃圾堆中央的**大坑**。

　　「你們看見這個大坑了嗎？垃圾就是在這兒消失的，而且是很多很多的垃圾……」

　　我開始做起**筆記**，菲則舉起相機「咔嚓咔嚓」四出拍照。此時正是中午，火辣辣的陽光直曬在我的頭上，**酷熱**難耐，四周還臭氣熏天……可憐的我呀！

啊啊啊啊啊！啊啊啊啊啊我感覺頭暈啊啊啊啊啊啊

怎麼所有東西都在轉呀！

　　菲察覺到不對，立刻撬起我的尾巴，想讓我恢復清醒。

「啫喱，你在幹什麼，不會是要暈倒了吧？

快點……**快寫字！寫字！寫字！**」

史奎克也大喊起來：「快找點事做，寫字寫字寫字，謝利連摩！」

我感到天旋地轉，虛弱地說：「咕吱吱……我寫不動啦，我快要**暈倒了**！」

接着，我便失去了知覺……

當我醒來時，發現自己正身處一間辦公室裏，躺在一張柔軟**沙發**上，額頭上蓋着一條濕毛巾。

一把温柔的聲音在我耳邊響起，説：「史提頓先生，你剛才中暑了！你現在好點了嗎？」

我抬起頭，看見一位美若天仙的**女鼠**。她有一身金色的毛皮，一頭烏黑的長髮束成了一條長辮子，頭上還夾上了一個樹葉形狀的**髮飾**點綴。

　　她雙眼瞳孔烏黑，目光深邃，但最迷人的，還是那抹燦爛的**微笑**！

　　我結結巴巴地說：「呃我……呃你……我是想說，我們和花植鼠博士約好了見面……」

　　她再次露出甜美的笑容，說：「我就是花植鼠博士，**芙羅拉・花植鼠**，妙鼠城垃圾回收試驗中心的主管！」

　　她一邊說，一邊指了指實驗袍上的**名牌**……

　　所以……花植鼠是一隻女鼠，是一位……女博士！

我叫謝提頓……史利連摩·謝提頓

菲彈了彈我的耳朵。

她説：「我親愛的哥哥，你終於醒了？你剛才把我們嚇壞了。不過確實，天氣太**炎熱**……」

史奎克沒好氣地説道：「我早就跟他説了，要用木衣夾夾住鼻子，這樣才不會聞到臭味。這個小謝利連摩偏偏不聽！」

與此同時，我已經被眼前的這位女鼠**深深吸引**，開始語無倫次，説：「我叫謝提頓，史利連摩·謝提頓。啊不，我是説，我叫史提頓，謝利連摩·史提頓，《鼠民公報》是我總編輯。啊不，我是説，我是《鼠民公報》的總編輯！」

她「噗嗤」一笑，溫柔極了，說：「噢，史提頓先生，你不用自我介紹。我久仰你的大名，一直閱讀你的文章和書籍著作……你知道嗎？我是你的忠實書迷。今天能夠認識你，真是我的榮幸！」

　　這下我更激動了：「啊，你的書我讀過？我早就聽說過你？啊不，我是說……」

芙羅拉‧花植鼠

- **身分**：環境生態學家，聰慧機敏，才華橫溢。
- **使命**：保護環境
- **夢想**：拯救大自然
- **工作**：受命領導垃圾回收試驗中心，解決妙鼠城的環境污染問題。
- **合作伙伴**：剛剛入職的歐斯塔奇‧博學鼠
- **個人生活**：尚未結婚，也未戀愛（只是暫時！）
- **嗜好**：帆船、登山、騎車
- **特長**：烹飪，尤其是甜品。她做的提拉米蘇美味無比！

花植鼠提議說：「謝利連摩，我們不要這麼見外了，好嗎？」

因為激動，我的臉刷地一下變得通紅：「啊，當然！」

史奎克不禁嘲笑起我來：「噢噢噢，一見鍾情啊！但願多愁不會知道，否則她一定會拔光你的鬍鬚，謝利連摩！難道你不知道，自己的女友是有多愛吃醋嗎？」

一想到多愁的醋意，我就瞬間打了個冷顫，說：「呃……其實，我和多愁並不是男女朋友……」

1 想到芙羅拉，我不禁心潮澎湃！

2 想到多愁，我不禁……啊，嚇死鼠了啦！

史奎克又壞笑起來，調侃我說：「呵呵呵，她可不是這麼想呢！她一直堅信你會**娶**她，和她過一輩子。謝利連摩，啊，是一輩子！」

就在這時，辦公室的門打開了。走進來的是一隻男鼠，身穿白色實驗袍。他的**名牌**上寫着：歐斯塔奇・博學鼠博士。

歐斯塔奇・博學鼠博士

身分：垃圾回收專家，垃圾回收試驗中心的新員工，與花植鼠博士一起研究如何改善妙鼠城的環境生態。

工作：經過政府部門的層層選拔，他脫穎而出，成功獲聘為妙鼠城垃圾回收試驗中心的職員！他是一名真正的天才，共獲得七個專業的學位，分別是：化學、物理、數學、生物學、醫學、工程學與環境科學。總之，他無所不知。

個人生活：他的性格靦腆，對於他的個人生活，大家一無所知！

那傢伙……

那傢伙又高又瘦，瓜子**臉**，細鬍鬚，長有一頭紅髮，臉上架着一副斯文的金屬邊框眼鏡。

只見他將一束**紅玫瑰**遞給芙羅拉，害羞地說道：「這是給你的，我的女神！」

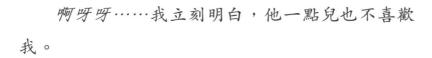

直到這時，他才看見我。得知芙羅拉正在照顧我，他不禁向我射來一道**嫉妒**的目光……

啊呀呀……我立刻明白，他一點兒也不喜歡我。

　　芙羅拉把玫瑰插進花瓶，禮貌地向他表示感謝，說：「**謝謝**你的花，歐斯塔奇。只是我跟你說了很多次，工作是工作，感情是感情……我希望我們都能專業一些！」

　　歐斯塔奇歎了口氣，聽起來有些**傷心**地說：「唉，我明白了，你是看上了其他鼠……你更喜歡他，謝利連摩‧史提頓……《鼠民公報》的著名總編輯……著名記者……著名作家……總之，一隻**VIP老鼠**！」

　　他一臉灰心喪氣，身體都直不起來，連鬍鬚也變得軟塌塌了呢。

　　這真讓我難過。顯然，歐斯塔奇對芙羅拉**用情至深♥**……但芙羅拉卻無動於衷！

於是，我向他伸出**手爪**，熱情地說道：「很高興認識你，博學鼠。你也在這兒工作的嗎？」

這時，他的眼神已經不再像剛才那樣充滿敵意，說：「嗯，沒錯，我也在這兒工作。我熱衷於研究各種**環境問題**……」

　　我回應道：「那太好了，我們有共同的興趣！我也熱愛大自然，博學鼠！對了，這個回收中心看起來**井井有條**，你的工作真是出色！」

　　我們就這樣聊了起來，沒過幾分鐘，已經變得像朋友一般親切了……

　　正在這時，芙羅拉提議說：「誰想嘗嘗我的拿手甜品——**提拉米蘇？**」

　　只見她打開一個小冰箱，拿出了裝在**心♥形**盤上的提拉米蘇蛋糕。

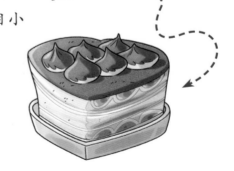

　　她為我們每個都分了一大塊，微笑着說道：
「各位親愛的朋友，非常感激大家來到這裏，幫
助我們偵查這宗盜竊**謎案**。不過，在開始陪同
各位參觀之前，我希望花幾分鐘時間，讓大家了
解，究竟什麼是**垃圾分類**⋯⋯」

垃圾分類

妙鼠城垃圾回收試驗中心致力於採用多種技術處理並回收各種垃圾，推動社會進行資源回收再利用。不過，要想真正實現**垃圾分類**，還需要大家一起努力：垃圾分類首先得從家家戶戶開始，然後是大街小巷。這離不開每一位市民的支持！

在家中，大家需要將廢物分別放進不同的箱子裏：
1）有機廢物；2）廢紙；3）塑膠；4）玻璃；
5）其他（即無法回收利用的垃圾，比如沾滿油污的材料、破損的玩具、CD、DVD、牙刷、貓砂、尿布等等……）

在街上，請將不同類型的廢物投入正確的資源回收桶裏：

將**廢紙**投入**藍色**回收箱，將**塑膠**投入**啡色**回收箱，將**玻璃**投入**綠色**箱子，將**鋁罐**投入**黃色**回收箱。至於其他物品，則應放進指定回收箱中。

另外，如果丟棄電器、電子產品或是大型建築廢料（比如瓦礫和木材），則需要自行安排送去垃圾站。

大家往往把所有垃圾都扔進同一個箱子。這是錯誤的做法，會使垃圾回收變得十分困難，並**對環境造成巨大傷害！**為了減少廢物，我們應該學會把廢物分類，把不同的物料投入正確的回收箱，讓資源得以再生利用。

奇怪又神秘的線索

芙羅拉解釋完畢，便帶我們離開了辦公大樓。

 已不再灼熱，天氣也涼爽了下來。就這樣，我們開始在**妙鼠城垃圾回收試驗中心**四處參觀。

　　芙羅拉開始向我們講解試驗中心內的日常運作。她對**環境**與**大自然**保護是如此投入，這讓我對她更加着迷了！

　　這時，菲問道：「芙羅拉，你認為這個怪盜喜歡什麼垃圾？我是說，具體是哪一種垃圾？」

　　芙羅拉抬了抬一邊的眉毛，説：「我也在想着這個問題……他拿走的主要是**有機**垃圾，也就是像食剩飯、過期食品等廚餘垃圾。」

這裏回收的是紙製品……

我記錄下來，說：「這個案件變得有趣起來⋯⋯」

史奎克則在一旁咕嚕道：「*我以一千根小香蕉的名義發誓，這個小細節真是有點小奇怪！我們可以去看看垃圾被盜的案發現場嗎？*」

芙羅拉微笑着回應道：「當然可以，我這就帶你們過去⋯⋯」

我們又再次來到了有機垃圾回收區。**垃圾**怪盜行竊後留下的大坑，再一次進入我們的眼簾！一輛輛巨型的垃圾搬運車正在我們四周穿梭

工作，而史奎克已經不顧熏天的**臭氣**，開始檢查起地面。

突然，他大喊起來：「*我以一千根小香蕉的名義發誓，看看小偷留下的這個大坑，他至少拿走了***一百噸***的垃圾！有意思的是，在大坑周圍，居然有些壓扁了的***塑膠瓶***……看起來，真像是小偷留下的……*」

什麼是有機廢物？

有機廢物主要有：生食與熟食的廚餘，例如：魚骨頭、家禽的骨頭與內臟、果皮、海鮮貝殼、蛋殼、腐爛的蔬果、過期的食物等；泥土、雜草、木材、塵埃、煤碳、火柴、咖啡渣與茶渣、餐巾紙等等。

最好的處理方法是通過堆肥，將它們轉化為有用物質。但需要注意，必須將各種阻礙堆肥的其他物料（比如液體、金屬、玻璃、陶瓷、藥品、紗布、膠帶等）去除。正因如此，我們必須將垃圾進行正確分類！

菲問道：「那怪盜一定是從天而降，不然怎麼可能誰也沒有察覺？而且四處根本沒有一點**痕跡**……」

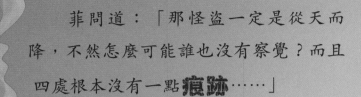

嗯……有很多塑膠瓶！

　　芙羅拉搖了搖頭，說道：「可是也沒聽見任何機械摩打的**轟鳴聲**。另外，就算天空中掛着一輪滿月，也沒見到任何飛行物……」

　　史奎克微微閉上雙眼，鬍鬚也**顫抖**起來。每次他聚精會神思考問題的時候都會這樣。

　　只聽他小聲嘀咕道：「嗯……你剛才說……一輪滿月？*啊！沒錯沒錯沒錯……奇怪……我以一千根小香蕉的名義發誓，一個小偷偏偏選擇在*月圓*之夜行竊。光線明亮，不是更容易被抓嗎？這也太奇怪了……嗯……可是……這……我覺得……哎？！*」

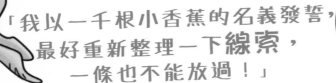

「我以一千根小香蕉的名義發誓，
　　最好重新整理一下線索，
　　　　一條也不能放過！」

1 在垃圾坑洞周圍，沒有**輪胎**或其他交通工具出現的痕跡……

2 ……所以小偷一定是從高處降落，比如利用某種**飛行器**……

3 這種飛行工具十分**安靜**，因為誰也沒聽見響動……

4 這種飛行工具十分神奇，因為誰也沒看見它出現。它甚至可能會**隱形**……

5 它能抬起和運載**巨大的重量，可能高達數噸**……

6 最後，它似乎落下了**一些東西**……是那些已壓扁的塑膠瓶！

不容忽視的細節：盜竊案在**月圓**之夜發生，但是明明一片漆黑才是最理想的犯案時機。

椰菜葉與蘋果核

天色已晚，大家各自回家。我在牀上輾轉反側，不禁想起了芙羅拉的*微笑*……

她是多麼**特別**呀……果敢又溫柔，專注於工作，又願意花時間為朋友製作美味的甜品……而且和我一樣，致力於環境保護！

這晚**月光**皎潔，照亮了我的睡房，但想着芙羅拉的甜美微笑，我漸漸進入了夢鄉。

原本我可以安心休息，怎料在第二天清早卻被一陣急速的**門鈴聲**驚醒……

叮鈴！叮鈴鈴！叮鈴鈴鈴！

原來是史奎克和菲。只聽他倆齊聲大喊：「快開門！有新聞！」

我連忙跑去開門。他們迫不及待地告訴我：「昨晚在一家工廠，又發生了一宗盜竊案，我們得立刻趕去**犯罪現場**！」

於是，我們跳上香蕉車，直奔妙鼠城郊區。

　　路上交通非常擠塞，我們到達時，已臨近中午……就在這時，我們遠遠看見一座綠色的廠房，上面寫着：「**維爾蔬果**」。這是一個知名品牌，專門生產盒裝蔬果。

　　在工廠前，我認出市長托帕多・榮譽鼠。他**熱情**地向我們問好，說：「謝利連摩，你怎麼也來了？菲！真高興你們能和史奎克一起進行調查，找出妙鼠城這一宗奇怪**盜竊案**的罪魁禍首。我和鼠民大眾都很擔心。我們太需要幫助了！」

　　史奎克試圖安慰他，說：「市長先生，你就放心吧。我們離**真相**已經很接近了。我有一個小想法，不過，現在還不能說，因為時機還未到。」

隨後，他轉向工廠老闆維爾·杜羅梭，說：「請你告訴我事情的經過。」

　　老闆帶我們來到了工廠後面的大院子：「昨天我們剛生產出一大批**有機蘋果與西瓜果醬**，還有醋漬椰菜。下午，我們把所有蔬果**殘渣**都堆到了這個露天院子裏，等着第二天安排貨車將它們運走。但到了**晚上**，雖然明亮的月光照亮了院子，居然有小偷明目張膽來把**垃圾**偷走了……這聽起來匪夷所思，但是千真萬確……」

究竟是怎麼一回事？

謝利連摩，你怎麼也來了？

史奎克連忙問道：「當時一點**動靜**也**沒有**嗎？」

老闆維爾點了點頭，說：「夜更保安什麼也沒察覺！但是在案發現場周圍，留下了許多**塑膠瓶**……」

在院子裏，有許多蘋果核，還有已經腐爛的

嗯……又是塑膠瓶！

可憐的我呀！

西瓜和水果廚餘。此刻，它們正在太陽
底下散發出陣陣惡臭，**臭氣熏天**……
呃啊，呃啊，我很頭暈啊！

魚骨頭與貝殼

在回家的路上，我的頭痛個不停。一到家，我就**筋疲力盡**，疲累得癱倒在牀。

第二天早上，史奎克又和菲一起，再次出現在我家門口，説：「謝利連摩，我有一個小想法，不過⋯⋯」

就在這時，**香蕉手機**，我是説⋯⋯史奎克的手機啦，突然響了起來。

你們也許會問，我怎麼知道是他的手機響呢？那是因為⋯⋯他的**鈴聲**♪♫♩獨一無二，誰會弄錯呀！

「叮鈴鈴，小香蕉，香蕉手機鈴響了；快快快，等什麼，此刻不接何時接？!」

我不禁歎了口氣。史奎克呀史奎克，總是這樣別出心裁！

他開始四處翻找，最後大喊：「啊呀呀呀呀！我知道我的小手機在哪裏了！我把它放在小口袋裏！」

話音剛落，他就從口袋裏掏出一部香蕉形狀的手機，它看來十分滑稽，説：「喂？我是史奎克，是誰在吱吱叫？」

叮鈴鈴，小香蕉！

這就是史奎克的香蕉手機！

　　電話那頭有誰說了什麼，只聽史奎克**嘀咕**道：「不會吧吧吧……真的嗎嗎嗎嗎？真不敢相信信信……再見再見再見！」

　　他掛斷電話，隨後告訴我們：「是妙鼠城的市長！他說昨晚那小偷又作案了！這一次，他偷走的依然是有機廚餘，就是在魚市場競投拍賣結束後魚販們丟棄在露天的**魚骨頭**和海鮮貝殼……這一次，依然神不知鬼不覺……這一次，他依然留下了許多**塑膠瓶！**不行不行，我們得立刻出發調查！」

　　唉，等我們到達魚市場時，已經是正午時分了。

　　這時，正值烈日當空，驕陽似火，案發現場的魚腥**臭味**簡直臭氣沖天！

　　史奎克似乎不為所動，繼續翻找，檢查和**研究**。突然，他大喊道：「我有一個小想法……現在我知道該怎麼辦了！」

　　我不禁苦苦哀求：「求求你快一點好不好？這噁心的**臭味**，我實在是受不了啦！」

史奎克開始解釋起來：「總之，我們現在已經知道這個小偷十分喜歡垃圾。我們還知道他需要大量垃圾。垃圾站的有機廚餘**垃圾**，例如在食品生產、加工的過程中所產生的廚餘，例如腐爛的蔬果、發臭的魚骨⋯⋯哪裏有垃圾⋯⋯哪裏有發臭的味道⋯⋯有嗡嗡作響的**蒼蠅堆**，他就去哪裏⋯⋯而且還總是留下許多塑膠瓶！奇怪，真是太奇怪了！」

接着，他壓低聲音，一臉**神秘**，在我和菲的耳邊悄悄說道：「你們放心吧！我已經有了一個小想法：想要當場把那個小偷抓個正着，就讓我們準備一個⋯⋯小陷阱！」

給老鼠的……陷阱！

史奎克露出狡點的笑容，說：「我們要準備**陷阱**，得先有餌……不用我說，這個誘餌，當然就是一小堆垃圾！」

他摸了摸鬍鬚，繼續說道：「我用一千根小香蕉打賭，這個小偷很快就會上釣！」

接着，他吩咐我和菲：「你們立刻準備一期《鼠民公報》的**特刊**，刊登一則假消息，就說明天妙鼠城裏將會出現一個裝滿垃圾的**貨櫃**，之後會由一艘貨輪運走。你們等着瞧吧，到了晚上，小偷一定會出現……」

菲和我立刻着手撰寫文章，並將它刊登在

《*鼠民公報*》的 **頭版**
上。

謝利連摩·史提頓

鼠民公報
老鼠島上最著名的報紙！

| 新聞 | 天氣 | 體育 |

妙鼠城第13號城
門處有一貨櫃載
滿垃圾，正等待
貨輪運走。

　　為垃圾怪盜設下
的陷阱已經就緒！

　　天色漸晚，大
家各自回到家中。

　　我從口袋裏掏
出之前做的 **筆記**，謄寫到簿
子上。我讀呀讀，試着理出頭緒，但這實在太費
力了啦！誰讓我已經習慣了用自己的新 **電腦** 工
作……啊，我是不是還沒跟你們説過？

　　現在，我有了一台嶄新的手提電腦，是開心
果一樣的綠色。它還有了一個名字，叫 **電腦利
洛**！

這台超級電腦的發明者是**史力克‧天才創造鼠**，我的發明家朋友，也是史奎克‧愛管閒事鼠的表哥！

　　對了，我告訴你們，電腦利洛會說話！事實上，它常常滔滔不絕，說起話來還非常**風趣幽默**。

　　它的工作效率極高，但同時也很可愛。總之……它就像是我的朋友，我已經**離不開**它。

史力克‧天才創造鼠

他是一位天才發明家，熱愛開心果。他的研究專業是比較開心果學和開心果工程學。他發明的很多機器都享有專利，比如超級航太技術軌道機器時光機，還有像機械人一般的電腦利洛。

前幾天我剛把電腦送去天才創造鼠那裏，更新一些軟體，不知道現在完成了嗎？

　　於是，我拿起**電話**：「你好啊，天才創造鼠，我是史提頓，謝利連摩‧史提頓。我現在急需使用電腦利洛，想問問你軟體是不是已經完成**升級**了？它什麼時候能回到我這兒？」

　　天才創造鼠開心地笑了：「看來你是想念電腦利洛了，對不對？這真讓我高興。哈哈，說明我的**發明**很成功！」

　　突然，電話那頭傳來了電腦利洛的聲音：「你好啊，謝利連摩洛，我沒聽錯吧，你想我了？*萬歲洛！我太高興洛！我也想你！*」

你好啊，天才創造鼠！

我回應道：「利洛，我現在就需要你，因為我在研究一宗案件，關乎大自然**環境**。我們在追查一個垃圾大盜……」

利洛激動地大喊：「大自然環境！那我一定要幫你！太好啦！啊不，是太好洛！我馬上回家。你知道嗎？我剛裝好了新*程式*，能**講**各式各樣的*笑話洛*。你會發現我是有多*幽默洛*！現在就讓我來給你講一個笑話吧……」

一位馴馬師走進一家服裝店，對店員說道：「你好！我想要一件騎馬時穿的衣服。」
店員問：「好的。你是什麼碼？」
他回答：「黑馬。」

電腦利洛

它是謝利連摩的新手提電腦,由史奎克.天才創造鼠發明。它真正的名字是C35829XTPQRII0,但是為了方便起見,天才創造鼠叫它電腦利洛。

特點:

① 顏色為**開心果綠**,因為那是天才創造鼠最喜歡的顏色。誰讓他最愛吃開心果!

② 以**環保物料**製作,原材料是開心果塑膠,即用開心果果殼壓碎、混合、加工後產生的塑膠。

③ 由**開心果能量**驅動。這種能量在發酵開心果的過程中產生,並集中在一種特殊電池裏,電量能持續一年。

④ 全賴電腦的**特殊**內置晶片,它具備許多**功能**,就像一個機械人。它能說世界上的所有**語言**(一說起話來就會滔滔不絕!),能夠連線交通工具,進行**駕駛**,還能……叫**薄餅**外賣!它會提醒謝利連摩所有的待辦事項!它風趣幽默,最愛**逗**謝利連摩!

⑤ 它還裝有兩條機械臂,分別連着兩隻小手,讓它活動自如,宛如機械人!

注意:因為生產過程中的一個錯誤(畢竟它還是台機械電腦雛型),它**動不動就會生氣**。這時,它就會自動關機,要過一陣才能重新開機。

深夜黑影

第二天早上，全體鼠民在《鼠民公報》的頭版上讀到了這則**新聞……**

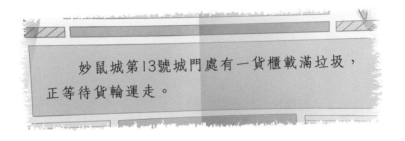

妙鼠城第13號城門處有一貨櫃載滿垃圾，正等待貨輪運走。

史奎克在我的辦公室裏*手舞足蹈*，哼起了小曲：「有了假消息，小偷必上釣……史奎克出手，謎案一定能破解！」

接着，他把**黑色連身衣**、黑色頭套和手套遞給了我和菲，說：「快穿上！這樣我們就能在

黑暗中隱身，等着小偷現身！秘密小任務現在開始！」

菲倒是怡然自得，而我穿上這身衣服，卻覺得自己的樣子太**滑稽啦**……

史奎克又命令道：「快打電話給芙羅拉，邀請她加入我們。她是環境生態問題的專家，能幫上我們**大忙**！」

你們也知道，我是一隻靦腆的小老鼠！所以，我就想拒絕：「呃……為什麼你不自己給她打電話呢，史奎克？」

咕吱吱，求你們別笑啦！

他一臉**壞笑**，說：「我才不。就要你打，小謝利連摩……我知道你有些小靦腆，你的小心臟跳得很厲害，但我也知道，你對她有

些小意思，她對你也有些小意思……」

我的臉刷地一下漲得**通紅**。就這樣，我給芙羅拉打去了電話：「呃……花植鼠博士，呃……芙羅拉，晚安……啊不，早安！我想邀請你參加一個聚會，啊不，我是想說一項任務，呃……」

菲一把從我的手爪裏搶過手機，說：「喂？芙羅拉嗎？是我，菲啊！我們在《鼠民公報》編輯部等你，請你馬上過來。我們準備展開一場**秘密行動**，要抓住那個垃圾怪盜，需要你幫忙。你願意幫我們嗎？太好了！那一會兒見！拜拜！」

沒過多久，芙羅拉就出現在我的辦公室。

她也穿上了黑色連身衣，十分貼身*（怎麼她穿起來就這麼好看呢？）*。天一黑，我們便朝着**港口**進發了。一看見那個裝滿垃圾的貨櫃，我

們立刻在附近找 箱子 躲了起來，然後等待那個

神秘垃圾怪盜出現……

我們等啊等啊等啊等啊等啊等啊等啊等啊等啊
等啊等啊等啊等啊等啊等啊等啊等啊等啊等啊
等啊等啊等啊等啊等啊等啊等啊等啊等啊
等啊等啊等啊等啊等啊等啊等啊等啊等啊等啊
等啊等啊等啊等啊等啊等啊等啊等啊等啊等啊

時間似乎停滯了，突然……

一記聲響傳來，不對不對，應該是一陣風颳過的聲音，彷彿有什麼重物從天而降，正在移動——**一大團空氣！**

我們紛紛抬起頭看，注視起昏暗的天空。可是，什麼也沒有呀！

突然，有什麼東西在明亮的**圓月**前閃過。在逆光中，我們注意到了它的形狀……

它看起來就像是……一個異常奇怪的飛行器！

但……那究竟是什麼呀？？？

意料之外……

奇異飛行器又更接近了，但始終悄無聲息。

靜靜地，悄悄地，它開始降落。漸漸落下，越來越低，越來越低，直到像一隻蝴蝶般降落在貨櫃旁。

這個**奇怪的**飛行器距離我們越來越近了。我們不禁從木箱子後頭探出腦袋，想看得更清楚些。直到這時，我們才發現它是多麼奇特……

乍看之下，它像一艘飛艇，但形狀卻像……

瓶子！

而且，整個機身的材料居然是

◇◇◇◇◇◇ **透明塑膠**！

難怪它總是來去無蹤呢……

在飛艇的前部和後部分別有兩個螺旋槳（*塑膠* 做的），由某種內置引擎驅動（*引擎也是* *塑膠* *做的*）。飛艇前部（全部由 *塑膠* 做成）有一間駕駛室（*塑膠* 做的），裝配着一排儀錶（全都是 *塑膠* 的），還有一個飛行員座椅（依然是 *塑膠* 的）。引擎剛一關閉，我們就看到飛行員隨即步出：只見他身穿一身綠色連身衣（*塑膠* 的），外形呈瓶子形狀（*塑膠* 的），還帶了一對手套（*塑膠* 的）和一個巨形頭盔（全部材料都是 *塑膠*）。

他喃喃說道：「呀哈，這麼多的 **垃圾**！正是我下一場實驗所需要……」

他還沒說完，史奎克就騰地從箱子後頭跳了出去，吱吱叫道：「垃圾怪盜，快給我住手！遊戲已經結束，我們把你當場就擒！」

對方……我是說 **飛行員**，哎呀，其實就是小偷啦……轉過身，直愣愣看着我們。

他支支吾吾：「呃……我……呃……你們……」

菲命令道：「快把頭盔拿下，讓我們看清你的真面目，**神秘垃圾怪盜！**」

他照做了。直到這時，我們才認出他是誰。

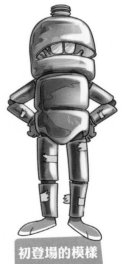

初登場的模樣

他居然是……

歐斯塔奇 · 博學鼠！

芙羅拉看着他，臉上寫滿了失望。

「歐斯塔奇，你為什麼要這麼做？你怎麼會變成了小偷呢？」

他試着**辯解**，説：「芙羅拉，這些不過是垃圾，一文不值！」

這……我……

史奎克不禁衝着他大喊：「不對不對不對，小歐斯塔奇，你這是在狡辯。**偷東西**就是不對，哪怕是小垃圾也不行！」

脱下了頭盔……

菲瞇起雙眼，問道：「能告訴我們，你為什麼要這麼做嗎？」

歐斯塔奇聳了聳肩：「我再怎麼解釋也沒用，反正你們也**不會明白**……」

　　我和菲卻堅持：「快告訴我們，到底是為什麼！你要這些垃圾究竟有什麼用？」

　　他歎了口氣，說：「唉，這真是**說來話長**……」

誰也不理解我……

就這樣，歐斯塔奇開始了講述：「自**童年**時起，我從不會要求父母給我買**玩具**。我喜歡自己造玩具，用木頭、箱子、罐頭、橡膠、紙張、膠水……總之，一切我能找到的材料。

　　我的朋友們會把弄壞的洋娃娃送到我這裏，而我總能讓它們恢復原樣！

　　我還為朋友們**修理**單車、溜冰鞋、滑板……我真的很屬害，嘻嘻嘻！很快，我就發現自己有超羣的修理**天賦**，無論你給我什麼，我都能修好……

看我的！

每天，有太多東西被我們隨意丟棄，但它們明明可以獲得新生！

於是，我就立志要成為一名**科學家**，投身垃圾回收事業，想做出自己微薄的貢獻，拯救地球。我刻苦努力，上**大學**的時候，足足獲得了**七個專業的學位**：化學、物理、數學、生物學、醫學、工程學，還有……

環境科學！」

他充滿愛♡意地看了看芙羅拉，繼續說道：「我對環境科學越來越着迷。就是在那時，我第一次遇見了花植鼠博士，她和我一樣，熱愛大自然。我被她深深吸引，但她甚至都沒注意到我的存在……」

塑膠，塑膠，塑膠！

芙羅拉不禁抗議說：「誰說我沒注意到你？歐斯塔奇！」她露出微笑，繼續說道：「我一直都認為你是個真正的天才！」

他的臉刷地**漲得通紅**，連話也說不清了：「真……真的嗎？你真這麼想？」

菲卻打斷了他，說：「你還沒告訴我們，為什麼你要偷**垃圾**！」

歐斯塔奇回答說：「我正要說到……大學畢業後，我成為了一名研究員，建立起一間秘密實驗室，就在妙鼠城附近的一座山丘上。我開始創造一種機器，能從垃圾中獲取**能量**。」

芙羅拉不禁讚歎：「真有**創意**！為什麼你從來都沒向我提過呢？」

　　他聳了聳肩，說：「我以為不會有誰理解我，所以都不好意思談起這事⋯⋯我的**夢想**似乎遙不可及。我害怕被大家嘲笑！」

這個得放這兒！

他繼續說道：「從那時起，我就開始收集各種**有機廢物**用於實驗。但我需要大量垃圾，於是就來了垃圾回收試驗中心工作。這裏不會缺少垃圾，絕對夠我進行**實驗**……」

史奎克不禁好奇地問：「你說的這個奇怪的小機器，到底是用什麼材料做的呀？」

他一臉自豪，回答道：「塑膠！全部都用塑膠，只用塑膠……不過，是經過回收利用的塑膠！我把這個機器叫做『**超瓶三代**』。在機艙內還有一大堆塑膠瓶，用來應急維修……」

史奎克驚呼：「難怪我們總在盜竊現場發現許多塑膠瓶！快*擦亮喇叭！*＊你在設計『超瓶三代』的時候，已經考慮到不能製造更多垃圾，不能造成**污染！！！**」

＊*在史奎克的字典裏，「快擦亮喇叭！」的意思是「給我好好聽着！」*

菲「咔嚓」按下快門，一連拍了許多**照**片：「真是天才！」

歐斯塔奇一邊向我們講解「超瓶三代」的功能，我一邊在簿子上趕忙**記錄**這個不可思議的飛行器……

咔嚓！

多麼神奇的發明呀！

這就是「超瓶三代」！

超瓶三代

歐斯塔奇‧博學鼠的偉大發明傑作

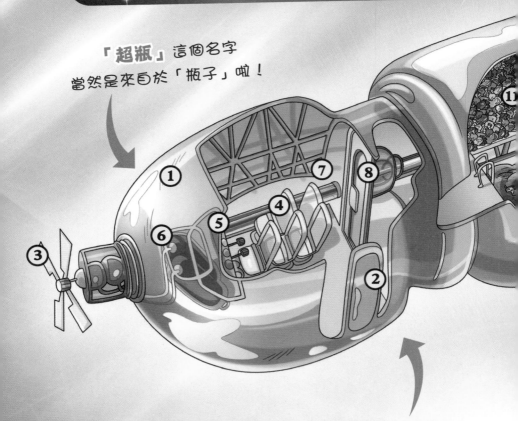

「**超瓶**」這個名字當然是來自於「瓶子」啦！

對了，歐斯塔奇‧博學鼠是在自己的秘密實驗室裏建造這架飛行器。實驗室位於妙鼠城郊區的綠色山丘上。

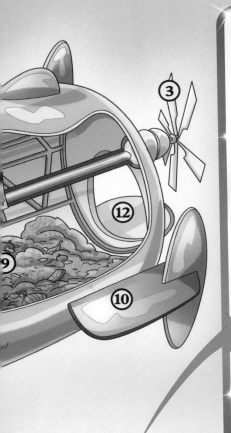

注意：難怪小偷總在月圓之夜行竊，不然電池就沒有足夠動力啦！

③

⑫

⑨

⑩

圖示

1. 瓶子形狀的飛行器，所用的塑膠來自成千上萬個經過回收利用的塑膠瓶。

2. 艙門。

3. 螺旋槳的材料來自最堅固的塑膠，由瓶蓋融化而成。

4. 座椅的材料跟螺旋槳一樣。

5. 控制台同樣來自於回收塑膠，五顏六色，由不同飲料的塑膠瓶蓋融化而成。

6. 引擎電池：吸收月球能量，即由月光產生的能量，而不是太陽！

7. 客艙：加上飛行員，一共能容納五名乘客。

8. 厚實的艙門，用於隔絕垃圾臭味。

9. 垃圾存放處，用於裝卸垃圾。

10. 用透明塑膠加固製作的機翼。

11. 塑膠瓶儲存庫，用於應急維修。

12. 外艙門。

秘密實驗室！

　　歐斯塔奇剛解釋完「超瓶三代」的功能，史奎克就問道：「那你快讓我們看看那個神奇的垃圾回收裝置！我都已經迫不及待啦！」

我們也異口同聲地喊道：「是呀是呀，快帶我們**看看**，歐斯塔奇！」

　　於是，歐斯塔奇便讓我們登上「超瓶三代」，說道：「那我們馬上登機，向綠色山丘進發！」

他激動萬分，一部分是因為芙羅拉也在場：「我這就帶你們前往我的**秘密實驗室**……我信任你們，可以讓你們參觀！」

在歐斯塔奇說話的時候，我根本不敢往下看，因為我**畏高**……呃啊啊，真是嚇死鼠了啦！

沒過多久，我們就來到了妙鼠城附近一座鬱鬱蔥蔥的山丘上。那裏很偏僻，山上只有一間**廠房**，似乎在許多年前就已經廢棄。

　　只見歐斯塔奇按下一個按鈕，廠房的**屋頂**就打開了，裏面的實驗室也出現在大家眼前……

歐斯塔奇大聲宣布：「我們即將降落！」

就這樣，「超瓶三代」開始 下降　下降 下降 ，直到停在實驗室的正中央。隨後，屋頂發出「嗡嗡」聲響，緩緩合上。

歐斯塔奇脫下頭盔，露出喜悅的笑容，說：「我的實驗室是不是很**隱蔽**？誰會想到，它會隱藏在一間廢棄的廠房裏呢？」

隨後，他帶我們參觀了整棟建築：「大家現在看到的一切，都是由**回收材料**造成的，而且全部由我親手建造的！我本來可以做得更好，可惜我沒有那樣的條件……」

我們穿過一間潮濕發霉的**圖書室**。只聽他歎氣：「這裏存放着我所有關於垃圾回收的藏書。它們本該待在一個更好的地方，可惜我沒有那樣的條件……」

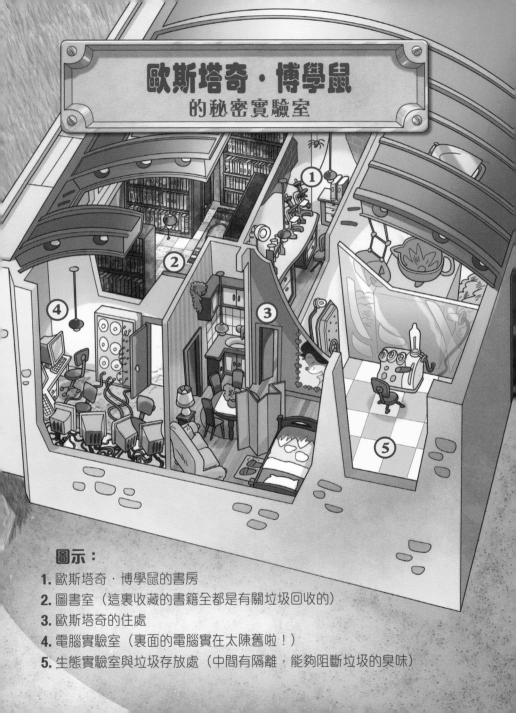

歐斯塔奇·博學鼠
的秘密實驗室

圖示：

1. 歐斯塔奇·博學鼠的書房
2. 圖書室（這裏收藏的書籍全都是有關垃圾回收的）
3. 歐斯塔奇的住處
4. 電腦實驗室（裏面的電腦實在太陳舊啦！）
5. 生態實驗室與垃圾存放處（中間有隔離，能夠阻斷垃圾的臭味）

　　之後，我們又來到一間房間。只見那裏擺滿了各種顯示器和電腦，但它們實在太陳舊了啦！他說：「我希望搜羅這世上關於垃圾回收的一切最新資訊，但這就需要更先進更強大的電腦，可惜我沒有那樣的條件……」

　　最後，我們來到了他的住處。雖然簡陋，卻很整潔。只見牆上掛着一幅芙羅拉的照片，用愛心相框裱起了（他本想藏起來的，但是照片這麼大，能往哪兒藏呀！）。我們在那裏換了衣服，歐斯塔奇請我們吃了早餐。雖然食材簡單，卻相當美味。他連聲抱歉，說：「本想請你們吃些好的，可惜我沒有那樣的條件……」

　　當他把我們帶進實驗室時，我們注意到：在一面厚厚的透明塑膠牆後，設置了一台巨大的機器。

就連這台機器居然也是用透明塑膠做成的呢！機器頂端有個開口，**垃圾**就從那裏倒入。機器還連着一根電線，接着一盞枱燈。機器周圍堆着各種**垃圾**，冒出大量蒼蠅。誰知道那究竟會有多臭呀……幸好有這道牆壁，我們一點兒也聞不到臭味。

這就是我和你們提及的機器！

芙羅拉號！

　　歐斯塔奇轉向透明牆壁前的一個控制台。那上面布滿了五顏六色的**按鈕**。他說道：「垃圾回收器就在大家眼前。各位準備好了嗎？啊，對了，我為它取名為『**芙羅拉號**』，這是為了向花植鼠博士致敬……」

　　芙羅拉瞬間漲紅了臉，驚喜地說：「啊，歐斯塔奇，這想法可真浪漫！」

　　只見他轉動了十多個手柄，按了五六個按鈕，然後控制一條機械臂抄起**垃圾**，扔進機器。只聽機器打了個小嗝：*咕嚕嚕！*

　　歐斯塔奇**心潮澎湃**，轉過身馬上向我們問

道：「各位準備好了嗎？」

我們齊聲大喊：「準備好啦！」

歐斯塔奇宣布：「1，2，3，**啟動！！！**」

只見他拉下控制台中央的手柄，機器立刻嗡嗡作響。

枱燈亮了片刻，放射出一道短促的光芒⋯⋯

但它很快就熄滅了，還發出一記低沉的聲音：嘶！

歐斯塔奇轉身看向我們，一臉迫不及待：「怎麼樣？你們覺得如何？」

1，2，3，啟動！！！

1

歐斯塔奇拉下手柄⋯⋯

2

燈號亮了片刻，放射出一道短促的光芒⋯⋯

嘶！

3

燈號熄滅了，發出一記低沉的聲音。

史奎克不禁咕噥道：「**就這些？！**」

因為尷尬，歐斯塔奇不禁支吾起來，說：「呃……沒錯……就這些！其實剛才我正要告訴你們，我有一個**麻煩**：要產生哪怕一丁點的**能量**，也需要大量垃圾！你們也看見了，眼前這些垃圾就只夠那機器的燈號亮起片刻……」

不管怎樣，你已經做得很好啦！

　　我用**手爪**拍了拍他的肩膀，說道：「歐斯塔奇，你已經很厲害啦！你完成了一項不可思議的任務，居然能從垃圾中獲取電能。這簡直不同凡響！**地球**的未來有希望啦！」

　　菲則搖了搖頭，說：「歐斯塔奇，你簡直是個天才。但恕我直言，如果這麼多**垃圾**只能產生出這麼一丁點兒的能量，那恐怕你的發明不會有什麼商業前景。」

　　歐斯塔奇低下了頭，一臉沮喪地說：「看來是沒希望成功了。我就知道，不會有誰相信我……」

　　我卻轉向大家，說道：「尋找新能源，這個任務至關重要。如果有誰想要嘗試，我們必須**鼓勵**才對。最重要的是，我相信歐斯塔奇！我們必須幫助他！」

史奎克**小聲**說道：「嗯……我猜你需要許多資金，才能繼續這些小實驗，對不對？」

　　歐斯塔奇坦白道：「很遺憾，為了這些**實驗**，我已經花光了所有積蓄。但是我從不後悔，一直以來，我的夢想是希望發掘更多綠色能源，

那是指不會排放污染物的能源，不會**破壞**環境。為了實現這個夢想，即使付出任何代價我都覺得值得！」

芙羅拉不禁動容：「就讓我們來幫你，歐斯塔奇！這個了不起的**夢想**，就讓我們一起來實現！」

我們紛紛抱住他，齊聲大喊：

「只要眾志成城，
　　一切皆有可能！」

一個⋯⋯天才般的小想法

芙羅拉第一個表態，説：「妙鼠城垃圾回收試驗中心的所有檔案資料，還有我個人的**藏書**都歸歐斯塔奇使用。我希望這些材料會對他的研究有所幫助！」

我緊隨其後，説：「歐斯塔奇，我會寫一本**書**，討論如何有效利用廢物，改裝成有用的物品，甚至是有趣的玩具！我就把書名定為《回收利用知多少》。售書所得，全部歸你所有！」

菲眼前一亮，説：「我也想到了辦法！我會在《鼠民公報》上為歐斯塔奇發起一場**捐款活動**⋯⋯⋯⋯對了，在網路上也可以舉辦！」

最後，輪到了史奎克。他一臉狡黠，摸了摸鬍鬚，説道：「各位親愛的朋友們，我有一個天才的小想法！」

只見他拿出香蕉手機，説：「喂？是天才創造鼠嗎？是我，你表弟史奎克。你在自己的小實驗室裏嗎？我要向你介紹一位天才小科學家……沒錯，他是個小發明家……沒錯，他創造出了許多小發明……沒錯，都是為了保護環境……沒錯，他熱愛大自然，就和你一樣……」

他高興地掛上電話，跟我們説：「對小歐斯塔奇來説，資金是很重要，但一間真正的實驗室也同樣必不可少！否則他就沒法進行那些小實驗了！所以，我會把他介紹給我的表哥天才創造鼠……我表哥的實驗室呀，是整座妙鼠城裏最先進的！」

　　就這樣，我們全體跳上了 香蕉車 *（之前，史奎克已經利用遠端遙控技術，將它開到了歐斯塔奇的實驗室）* ，直奔天才創造鼠的 開心果別墅。

　　一進別墅，我們全都嚇得目瞪口呆：這真是一幢超級現代的實驗室呀，盡是最新的科學發現！

　　天才創造鼠熱情迎接了歐斯塔奇：「歡迎歡迎！以後我們就一起工作，一起幹一番大事業！

開心果別墅到啦！

我也已經下定決心，投身**環境**研究！」

　　歐斯塔奇感動不已，說：「太感謝了！這真是太好啦！我向各位保證，一定不會辜負大家的**信任**⋯⋯⋯我一定會努力取得不同凡響的成果。你們這麼信任我⋯⋯我一定會牢記在心！」

　　這時，我聽見一把細細的機械聲音說道：「*謝利連摩洛*，我太想你啦！我要趕快和你一起回家！」

　　啊，說話的是一台開心果綠色的手提電腦。沒錯，正是**電腦利洛**！

　　我緊緊抱住它，回應說：「我也很想你，電腦利洛！我已經迫不及待要和你並肩**工作**啦！」

我也很想你，電腦利洛！

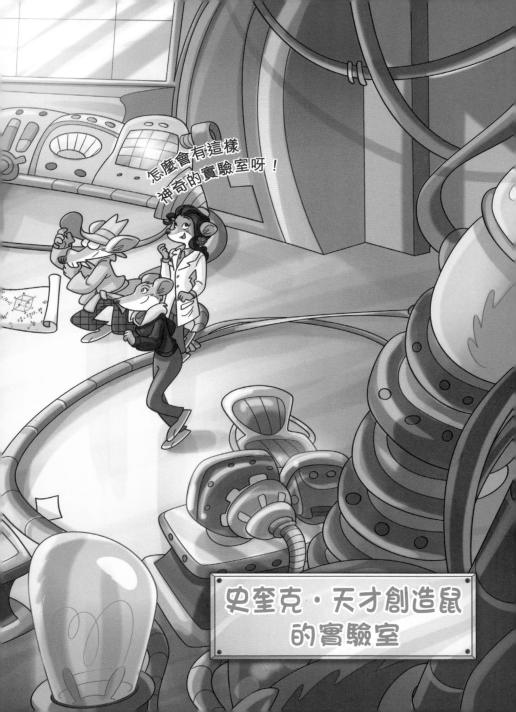

愛吃醋的多愁，唉！

一切恢復了**正常**，我回到了自己的辦公室——《鼠民公報》編輯部，回歸自己的日常工作。但時不時，啊不，應該說是經常，我就會想起**芙羅拉**⋯⋯想起她的溫柔與可愛。我就是忘不了她！

當菲建議在報章加入**保護環境**教育專欄插頁，並邀請我撰寫文章時，我立刻想到了芙羅拉。

我邀請芙羅拉來辦公室，並提議她與《鼠民公報》建立合作關係，探討環境問題，提高鼠民的環保意識，不過表達形式要有**趣味**，比如通過遊戲和其他活動。

芙羅拉微笑着說道：「謝利連摩，真高興和你再次見面！我很喜歡你的想法。我們可以一起努力，告訴各位鼠民朋友：我們不僅**應該**保護老鼠島上的環境，還要保衛整個星球！」

因為**害羞**，我的臉刷地一下漲得通紅：「嗯……我也會發表重要性，啊不，我是說環境是一座島，啊不，我是說星球是我們的……啊呀呀……我是想說，我也很高興再次見到你，你真是……**魅力無窮！**」

真高興和你再次見面！

第二天，芙羅拉為我帶來了第一份有關環境保護的**插頁**。這是她在歐斯塔奇的幫助下完成的。你們看！

塑膠器皿的再生
創意妙用

餵鳥器

取一個**塑膠瓶**，在上面戳幾個小洞，插入兩根木勺。在瓶子中注入**雀鳥糧食**，掛到樹上……你會發現，小鳥一定會喜歡這個裝置！

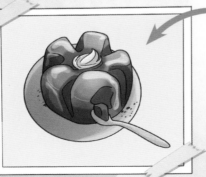

甜品模具

塑膠瓶的瓶底可以當作**布丁**的模具。要記住一點：布丁要先冷卻，才能倒進塑膠瓶。

儲物瓶

在塑膠瓶上部剪出一個圓形，要大到你的手可以伸入瓶子喔！要想把瓶子掛起，可以在瓶蓋處固定一個鉤子，便完成啦！你可以在瓶子裏裝入**任何東西**，無論是螺絲、圖釘，還是萬字夾……

垂直植物園

將塑料瓶水平放置，在上部切出一個長方形，這樣就可以把它當作**花盆**，放入**泥土和種子**啦。然後，只需在瓶身上打孔，用細繩穿過小孔，打結固定，便可以掛起它了。

花瓶

從中間剪開塑膠瓶，用顏料畫些小花之類的圖案，裝飾瓶身的下半部分。接着，將瓶身的上半部分倒着插入下半部分瓶身，**花瓶**就做好啦！你可以用它在室內種植花卉或是綠葉植物！

保齡球瓶

塑膠瓶還可以當作**保齡球瓶**，進行保齡球遊戲。你只需要找來一個用來撞倒瓶子的球！

筆筒

塑膠瓶還可用來做出可愛的**筆筒**，可以根據想要的高度剪切瓶身。接着，請大人幫忙，將塑膠瓶切口的邊緣在熨斗的熱鐵塊上放置幾秒，使筆筒的邊緣變得圓滑，便完成了。

環保拖把

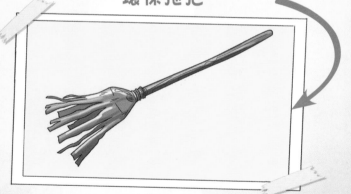

剪去1.5升塑膠瓶的瓶底，隨後用剪刀垂直剪開瓶身，一直剪到它像條**芭蕾舞裙**。最後，用一根棍子插入瓶口，用繩子緊緊捆綁。拖把就這樣完成啦！

隨後，芙羅拉向我展露出的笑容，如太陽般燦爛，如星星般閃耀。我不禁想，也許有一天（誰知道呢？！）她會成為我的**女朋友**呢！偏偏就在這時，門突然開了⋯⋯

　　進來的是一隻女鼠，一頭長髮烏黑發亮，如絲綢般順滑，神情卻相當憤怒。啊！那是**多愁‧黑暗鼠**！

　　她是我最好的異性朋友，雖然她總說自己是我的女友！

　　只聽她尖叫道：「謝利連摩，我已經知道你正在和**另一隻女鼠**交往！她在哪兒？哪兒？哪兒？那個矯揉造作的傢伙，快給我出來！竟敢暗中使壞，企圖搶走我的啫喱。我明明連**婚禮**都已經策劃好⋯⋯（我以一千隻蝙蝠的名義發誓，連婚紗我都已經買好，連賓客名單我都已經寫

好，連婚禮的大型蛋糕我都已經訂好啦！）」

我不禁 **結巴** 起來：「多愁……你聽我說……不是你想的那樣……」

這時，芙蘿拉轉過了身。就在這一刹那，無論是她還是多愁，臉上都現出了相同的表情——一臉**驚訝**！

多愁喃喃說道：「這……這……這……」

芙羅拉也喃喃說道：「這……這……」

多愁大喊：「你是芙羅拉！」

芙羅拉也大喊：「你是多愁！」

隨後，她們衝向彼此，熱情擁♡抱在一起：

「真高興再次見到你！」

　　她們不停轉圈，眼裏閃爍着喜悦的光芒：「從前上學時我們形影不離，後來各奔東西，從此失去了聯絡。現在，居然在這裏重逢……」

　　最後，她們異口同聲地説道：「我非常想念你！」

　　我一臉疑惑：「所以……你們不會再為了我爭吵？不會吃醋了是嗎？尤其是你，多愁？」

　　多愁大笑：「你説什麼呀！芙羅拉才不會暗中使壞，我怎麼會不知道這一點？才不需要你來告訴我，謝利連摩！」

　　芙羅拉也回應道：「沒錯，多愁！你知道，我永遠都不會做傷害你的事……」

　　她們相視一笑，一起説道：「先不管他，現在我們還有更重要的事，比如……」

嘻嘻嘻！

就這樣，多愁和芙羅拉結伴着走開了。她們一邊分享各種八卦消息和秘密，一邊「噗嗤」偷笑。只有**關係最親密的知己好友**才會那樣！

與此同時，史奎克也來到了我辦公室，一臉壞笑：「嘻嘻嘻，你以為兩隻老鼠都**愛♡**上了你，沒想到只是一顆鬍鬚的功夫，她倆就都把你給忘了，小謝利連摩……」

我直搖起頭：「真是不可思議！」

從頭到尾，這一場調查行動真是不—可—思—議！

就在這時，菲來了。

「我遇到了芙羅拉和多愁……她們正去往**薄餅店**，說是要好好敘舊……我看，現在你應

該有時間了吧，謝利連摩。是不是該做些正事了呢？快點，你可以動筆把這場難忘的經歷寫成小說……在我看來，一定**暢銷！**」

我在鬍鬚下露出了微笑：她說得沒錯。

這一路上，我們學到了許多東西，不止**垃圾回收**的重要性……總之，有太多可以分享！

我轉過椅子，湊到書桌前，打開**電腦利洛**。只見它睜開雙眼，衝我微笑：「是不是準備動筆了，*謝利連摩洛？*這一定是場無與倫比的冒險！快點，別偷懶！快開始敲鍵盤洛！其實這本書早就已經在你的腦海裏洛！」

隨後，它**舒了口氣**，說道：「*謝利連摩洛*，你知不知道，我還真是想念和你一起寫書的日子洛！雖然你笨笨的，但你是我最好的朋友洛，我真的很喜歡你！」

我微微笑道：「我也好喜歡你，電腦利洛！**友誼**萬歲！」

我開始敲打鍵盤，一個字母接着一個字母，一個單詞接着一個單詞，一句話接着一句話，一頁接着一頁，一章接着一章……一個月後，**新書**已經準備就緒啦！

嗯⋯⋯你們應該已經猜到了吧。它就是你們此刻捧在手上的這本書呀！

你們喜不喜歡？

我希望是的，因為我是用心去寫的，或者，用電腦利洛的話來說，是用⋯⋯

⋯⋯小愛心寫的啦！

妙鼠城

老鼠島

1. 大冰湖
2. 毛結冰山
3. 滑溜溜冰川
4. 鼠皮疙瘩山
5. 鼠基斯坦
6. 鼠坦尼亞
7. 吸血鬼山
8. 鐵板鼠火山
9. 硫磺湖
10. 貓止步關
11. 醉酒峯
12. 黑森林
13. 吸血鬼谷
14. 發冷山
15. 黑影關
16. 吝嗇鼠城堡
17. 自然保護公園
18. 拉斯鼠維加斯海岸
19. 化石森林
20. 小鼠湖
21. 中鼠湖
22. 大鼠湖
23. 諾比奧拉乳酪峯
24. 肯尼貓城堡
25. 巨杉山谷
26. 梵提娜乳酪泉
27. 硫磺沼澤
28. 間歇泉
29. 田鼠谷
30. 瘋鼠谷
31. 蚊子沼澤
32. 史卓奇諾乳酪城堡
33. 鼠哈拉沙漠
34. 喘氣駱駝綠洲
35. 第一山
36. 熱帶叢林
37. 蚊子谷
38. 鼠福港
39. 三鼠市
40. 臭味港
41. 壯鼠市
42. 老鼠塔
43. 妙鼠城
44. 海盜貓船
45. 快活谷

《鼠民公報》大樓

1. 正門
2. 印刷部（印刷圖書和報紙的地方）
3. 會計部
4. 編輯部（編輯、美術設計和繪圖人員工作的地方）
5. 謝利連摩·史提頓的辦公室
6. 花園

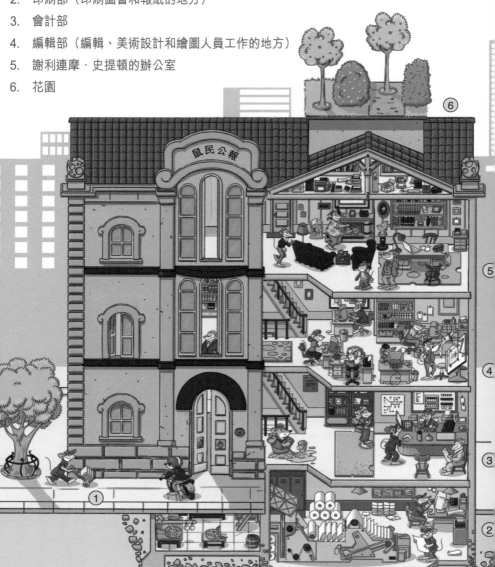

老鼠記者 Geronimo Stilton

與老鼠記者一起
歷奇探險走天下！

親愛的鼠迷朋友，
　　　　　下次再見！

謝利連摩・史提頓

Geronimo Stilton